CASI MALAS INTENCIONES

SARWAH CREED

SOBRE CASI MALAS INTENCIONES

Treinta días de cuarentena: Un romance de harem inverso

No quería pasar la cuarentena con mis jefes. Bueno, al menos no con los tres.

Eran multimillonarios, pero solo tenían una secretaria. Al parecer, eran la versión actual de Scrooge.

Me pidieron que fuese su sumisa durante treinta días, y lo pusieron por escrito en un contrato.

Mi respuesta fue *no, gracias*.

El mayor de los tres, Luke, me dejó el culo al aire y me dio una buena azotaina.

Debería haber salido corriendo pero, en lugar de eso, acabé firmando el contrato y llamándolos «amo».

Nuestra secretaria necesita que le enseñen una lección, y no solo de mi mano, sino también de mano de mis hermanos.

Pensaba que nuestra oferta era una especie de broma, así que la castigué por ello, dejándola húmeda y ansiosa por más. Le dejé probar cómo sería ser una sumisa y, si es una chica buena, me aseguraré de que disfrute de más placeres aparte de esas rosquillas que esconde en su bolso y a las que les da un mordisco cuando cree que nadie la mira.

Le enseñaré todas esas cosas tan escandalosas que planeamos hacer con ella a lo largo de los siguientes treinta días. Será un año que nunca olvidará.

Nota del editor: *Casi malas intenciones* incluye azotes y escenas sexuales intensas. Si te encanta leer novelas de este tipo, ¡compra este libro!

1
___

C apítulo uno
Scarlett

Sentada sola en una esquina, viendo cómo todos los demás se divertían y sabiendo que no podía formar parte de esa multitud. Era la secretaria de los tres tiranos del bufete: los señores Luke, Dwayne, y Aiden Black. El bufete era propiedad de esos tres multimillonarios, y me hacían trabajar día y noche. Ninguno de ellos conocía el significado de las palabras «fin de semana», lo cual constituya la razón principal por la que yo era la única secretaria que había durado más de un año.

I

¿Que cómo podían ser multimillonarios y tener solo una secretaria?

Bueno, había un rumor. Un rumor increíblemente obsceno. El rumor de que lo compartían todo, desde el bufete de abogados hasta la casa, pasando por su secretaria e incluso compartiendo a sus mujeres. Sabía de buena tinta que sí que lo compartían todo, pero no las mujeres. Había asumido que esa parte no era más que los típicos cotilleos de oficina.

El resto de las secretarias habían dejado el trabajo tras finalizar su primer mes en el bufete. El problema era que yo no tenía vida más allá de la oficina, así que tampoco tenía la más mínima razón para hacer algo que no fuese trabajar. Era lo único que me mantenía entretenida y ocupada, así no tenía tiempo para pensar en la vida aburrida y triste que llevaba.

—Scarlett, ¿vas a quedarte ahí sentada durante toda la noche, mirándonos? —preguntó Jenna. Era la gerente de la oficina y, hasta aquel momento, nunca me había dirigido ni siquiera un par de palabras. Su cabello oscuro, que normalmente llevaba recogido en un moño, le caía suelto por la espalda, y se había abierto la blusa de tal modo que no dejaba nada a la imaginación. Su sujetador de encaje rojo quedaba completamente expuesto; era imposible negar que, o bien estaba borracha, o lo estaría en breve. Y no lo digo porque tuviese la camisa medio salida de su falda de tubo, sino porque *estaba hablando conmigo*.

—Estoy bien aquí. Creo que me iré pronto; ya casi es medianoche y no quiero tener que pagar doble por el taxi.

El año 2021 estaba llegando a su fin, lo que significaba que el COVID casi había desaparecido según informaban muchos de los telediarios. No entendía muy bien cómo podía desaparecer cuando no teníamos una vacuna efectiva; habíamos creído tener una a finales del año 2020, pero no había funcionado y todavía estábamos intentando dar con algo que evitase que la gente pudiese contraer el virus. En cualquier caso, se nos volvía a permitir celebrar eventos sociales, y los hermanos Black habían decidido que nos merecíamos una fiesta después de un año tan complicado.

Aiden, con sus ojos oscuros y su cabello del mismo tono, era la alegría de los tres hermanos Black; había bailado con todas las asociadas, e incluso con la señora de la limpieza. No era un estirado como sus hermanos, aunque Dwayne también podía llegar a ser cordial tras tomarse su café de la mañana, algo de lo cual me aseguraba personalmente ya que siempre llegaba a la oficina antes de las siete para dejar el café en la mesa antes de que entrase por la puerta. Solo aceptaba el café de una cafetería en concreto y, por suerte, el local abría a las seis de la mañana. No me cabía duda de que abrían tan temprano precisamente por tiranos como él.

—No te preocupes por el taxi —dijo Jenna—. Lo pagarán los Black. Además, has aguantado todo un año. No pensé que pudieses hacerlo; ninguna de las asistentes anteriores lo consiguió, así que no creía que hacernos amigas tuviese sentido, pero ahora que sé que seguirás por aquí durante una temporada... ¿Qué tal si bailamos y nos conocemos mejor?

Jenna arqueó una ceja y me puso una copa de champán en la mano. La acepté y me la bebí de un trago; no diré que me gustase el modo en que Jenna me había tratado hasta la fecha, pero en el fondo tenía razón. Yo no tenía amigos, ni dentro ni fuera de la oficina, así que tenía sentido que dependiese de mí el hacer un esfuerzo para ser más social. Era algo que había intentado al llegar al bufete, pero me había rendido al cabo de poco una vez que todo el mundo supo que era la secretaria de los Black. A fin de cuentas, se los conocía por el mote de los Scrooge. Querían tener una única secretaria, y fue entonces cuando oí el rumor de que lo hacían todo juntos, incluido el compartir a las mujeres.

—Claro. ¿Por qué no? —Me quité las horquillas que mantenían en su sitio a los mechones que todavía no se me habían escapado del moño y decidí que bailaría con Jenna. Hacía años que no pisaba una pista de baile e, incluso si lo que teníamos en la fiesta no era más que una sala de juntas enorme cuya mesa había sido apartada a un lado para asegurar que había espacio suficiente para treinta personas y algunas más, el concepto era el mismo. Algunos de los presentes observaban desde el exterior, y otros se habían escabullido a sus despachos. Los había oído marcharse de puntillas hacía un rato, lo que confirmaba los romances de oficina sobre los que se cotilleaba en los baños.

Rihanna empezó a sonar por los altavoces; era mi canción favorita, y la de casi todo el mundo en aquella época del año. La sala de juntas pareció estar abarrotada cuando todo el mundo empezó a vitorear; había algo en aquella canción que resultaba muy festivo y también romántico al mismo tiempo.

—*¡Don't stop the music!* —canté antes incluso de que la canción llegase a los coros. Lancé mis tacones a un lado; los pies me habían estado matando durante todo el día, pero mi deseo de permanecer profesional en todo momento había evitado que me los quitara incluso a pesar de mis tobillos hinchados.

Empezamos a saltar y logré hacerme con otra copa de champán, o puede que fueran dos, cuando los camareros cruzaron la pista de baile. Había pasado mucho tiempo desde la última vez que me había sentido así, libre y capaz de disfrutar una noche de fiesta.

—¡Sí que sabes bailar! —dijo Jenna, apartándose al mismo tiempo que, de algún modo, se formaba un círculo a mi alrededor. En mi hogar, en Carolina del sur, siempre que había una fiesta, me subía sin reparos a ese escenario imaginario que se imagina todo el mundo cuando baila; es algo natural cuando pasas cinco años de tu vida asistiendo a clases de funk. Además, me encantaba competir y bailar; siempre me ayudó a no pensar por lo que estaba pasando en la vida, como cuando mi madre recibió la noticia de su primer cáncer, un cáncer que había logrado superar aunque el precio había sido vender la casa y dedicar la mayoría del dinero obtenido a cubrir sus facturas médicas. Dejé de bailar cuando volvieron a diagnosticárselo, cuando el cáncer volvió a aparecer con todo su horror y se la llevó consigo. Aquella había sido la época en la que había dejado de hacer muchas cosas, dedicando mi tiempo a cuidar de ella y ayudándola todo lo posible hasta su último aliento. Nadie más en mi familia había querido echar una mano; nos habían dado la espalda en cuanto habían oído que mi madre necesitaría quimioterapia sencillamente porque les había preocupado la posibilidad de tener que ayudar a pagar las facturas del hospital. Yo jamás les había pedido un centavo, pero resultaba deprimente cuando todo el mundo decidió ignorar nuestra existencia y ni siquiera se presentaron al funeral. Lo vendí casi todo antes de mudarme a Nueva York, y llegué a la ciudad con dos maletas: una de ellas repleta de todas las fotografías de mi madre que logré meter dentro, y la otra con mi ropa y mis zapatos.

Hasta había pedido préstamos para pagar las facturas médicas, préstamos que todavía tenía que pagar en mi ciudad natal a pesar de haber pasado ya tres años. Sabía que, gracias al bonus de aquel año y a algunos otros ahorros, por fin podría relajarme y empezar a pensar en mi futuro, pero ahora mismo todo giraba en torno a las facturas y era precisamente por eso por lo que estaba durando tanto en mi trabajo. No tenía otra elección. No podía permitirme el lujo de dejar que la situación me afectase ya que sabía que, si no pagaba los préstamos, me embargarían la cuenta del banco. ¿Y qué haría entonces? Trabajar con los Black conllevaba muchos beneficios como por ejemplo un buen salario, y suficientes horas de trabajo para evitar que pudiese pensar en el pasado y la tristeza que se había adueñado de mi vida en una ocasión.

—¿Estás bien? —preguntó Jenna cuando mi mente se perdió entre los recuerdos de mi madre. Había dejado de bailar y estaba al borde del llanto.

Asentí con la cabeza.

—Sí, estoy bien. Perdona. Creo que necesito comer algo; me he bebido el champán demasiado rápido.

Jenna se rio.

—Conozco esa sensación; a mí me pasa cada vez que estoy lejos de casa. Eso es lo que ocurre cuando tienes demasiados hijos.

Sabía que Jenna era madre, pero no había tenido ni idea de que hubiese *hijos*, en plural.

—¿Cuántos tienes? —le pregunté.

—Tres, si cuentas a mi marido.

Las dos nos echamos a reír mientras nos dirigíamos al lado de la sala de juntas donde se servía comida. Había sándwiches, pollo, pan de gambas... Puse un poco de todo en mi plato.

—Vaya, vaya, tenemos buen apetito —dijo

Dwayne Black cuando llegué al final de la mesa. Miré a mi izquierda y descubrí que Jenna había desaparecido; seguramente había visto a Dwayne y había decidido huir en dirección contraria. Sentí ganas de hacer exactamente lo mismo, pero Dwayne había cogido mi cubierto envuelto en su servilleta.

—Sí, señor D. Black. No he comido nada desde el almuerzo.

Dwayne se rio por lo bajo, y el modo en que sus labios ovalados se entreabrieron y se le iluminaron los ojos oscuros hizo que resultase todavía más atractivo de lo que era cuando fruncía el ceño. Dwayne no solía reírse.

—He visto los tentempiés que aparecen de vez en cuando del interior de tu bolso, y cuando te los terminas recurres a los que tienes guardados en el escritorio.

¡Madre mía! ¿Acaso me estaba espiando?

—He visto cómo te los metes a toda prisa en la boca en los descansos. Sé que te gusta el dulce. No te preocupes, a mí también me gusta.

«¡Así que *sí* que ha estado observándome!».

Suspiré, pensando en todas las veces en que me habían dicho algo parecido. Esas frases de que no me agobiase tanto cuando se trataba de comer frente a los demás, que seguramente todo el mundo comía la misma cantidad que yo intentaba ocultar comiendo a escondidas.

Pero no, no comían la misma cantidad que yo. Yo comía cuando sentía ansiedad en general, y desde que había empezado a trabajar para los Black parecía ser algo constante. En el último año había ganado unos dieciocho kilos, y ese número no dejaba de aumentar.

—¿En serio? —dije—. ¿Es por eso por lo que tienes abdominales marcados, piernas fuertes como troncos y unos hombros dignos de la Roca?

Puede que lo hubiera estado observando con demasiada atención cada vez que se quitaba la chaqueta o cuando se inclinaba, pero me había dado cuenta de que no era precisamente la única que lo hacía. Algunas de las mujeres se tomaban un pequeño descanso cuando Dwayne se ponía a hacer flexiones en su oficina. Él decía que pasarse todo el día sentado hacía que se sintiera agarrotado y, puesto que todos los despachos tenían las paredes de cristal, la única privacidad disponible era cuando se cerraban las persianas. Luke las cerraba siempre que estaba solo, y las habría cuando tenía compañía incluso si la mayoría de la gente con la que yo había trabajado previamente acostumbraba a hacerlo al revés. Tenía la sensación de que Dwayne abría las suyas porque le encantaba saber que lo estábamos mirando.

—Oh, vaya, así que has estado prestándome atención, Roset. Qué interesante. Disfruta de tu plato y, si no es suficiente, no dudes en venir a por otro. —Y salió de la sala con una sonrisa complacida en la cara.

Era como si su aroma almizcleño estuviera jugando con mi olfato porque, incluso a pesar de que ya no estaba a mi lado, podía seguir oliendo su presencia. Cerré los ojos por un instante, tal y como hacía a menudo cuando terminaba con las flexiones y me imaginaba sus manos recorriéndome el cuerpo. Aquello hizo que me sintiera todavía más nerviosa mientras me alejaba de la mesa, comiéndome lentamente todo lo que me había puesto en el plato. Me percaté que, para cuando terminé de dar una vuelta entera por la sala de conferencias buscando a Jenna, el plato ya estaba vacío. Estaba a punto de volver hacia la mesa para volver a llenarlo cuando Luke apareció frente a mí, haciendo que lo soltase por la sorpresa.

—Recógelo y ven a mi despacho ahora mismo. —Su porte dominante brillaba con fuerza, así que me vi obligada a dejar de lado lo buenísimo que estaba con su traje gris claro y una corbata rosada.

Solo él podía hacer que un conjunto como aquel tuviese buen aspecto, todo gracias a su piel bronceada fruto de su herencia italiana y de unos ojos oscuros que no parecían ser tan oscuros cuando elegía ponerse aquel traje.

—¡Tengo algo que anunciar! —dijo Jenna a través de los altavoces, y sentí la tentación de decirle a Luke que al parecer había pasado algo y que quería oírlo, pero Luke no me había pedido que pasara un rato con él. Me había dicho que fuese a su despacho.

Recogí el plato y lo dejé a un lado y, como la buena secretaria que era, decidí ir a toda prisa a su despacho, ubicado en el otro extremo del edificio, a pesar de ir sin zapatos. Maldita sea, me había olvidado de los zapatos, y no sabía si debía llevar algo conmigo.

—Acabamos de ser...

Aquellas fueron las únicas palabras que alcancé a oír de labios de Jenna a través de los altavoces antes de entrar en el despacho de Luke sin llamar a la puerta. Vi que los tres hermanos estaban dentro, como si hubiesen estado esperándome, y aquello me hizo desear haberme *llenado el plato* antes de entrar.

Dwayne estaba sentado sobre el escritorio de Luke, con Aiden de pie a un lado y Luke sentado en su silla. Me sentí todavía más nerviosa de lo habitual; los ojos esmeralda que compartían los tres hermanos estaban fijos en mí, mirándome fijamente.

—¿Cierro la puerta, señor L. Black? —susurré, pensando que debería haberlo dicho más alto. Intenté mejorar un poco mi aspecto metiéndome la camisa por dentro de la falda y pasándome los dedos por el pelo para que no pareciese una fregona carente de vida.

—Ciérrala. Hay algo que necesitamos que leas. Está justo ahí —espetó Luke, y los nervios se adueñaron de mí por completo. No quería cerrar la puerta; lo que quería era salir corriendo de allí.

Decidí ser valiente y la cerré. Era como si cada paso que daba en dirección a la mesa de Luke fuera bajo la luz de los focos. Detestaba que no hubiese nada que pudiese disimular el hecho de que no me quitaban los ojos de encima. Podrían haber intentado sonreír, haber intentado que me sintiera un poco más cómoda.

Me senté en la silla que había frente al escritorio, y el único sonido que se oyó en el despacho fue el movimiento del aire provocado por mi acción. Cambié de postura, intentando ponerme cómoda.

Aiden fue el primero en hablar, y lo hizo a mi espalda.

—A partir de mañana, estaremos todos en cuarentena. Solo se nos permitirá salir para ir a comprar y para ir al médico. El número de infectados ha vuelto a dispararse.

Me tapé la boca con la mano.

—Oh, no.

Me preocupaba que hubiese gente enferma, pero durante las últimas cuatro semanas se nos había permitido salir y aquello había marcado una gran diferencia, no solo en el tamaño de mi cintura, sino también en mi salud mental.

—Tenemos una propuesta que hacerte. La cuarentena durará treinta días, y nos gustaría que los pasaras con nosotros —dijo Luke con frialdad.

Sacudí la cabeza, confundida ante aquella petición.

—Cuidaremos de ti durante esos treinta días —intervino Dwayne, y desvié la vista hacia él.

—¿Queréis decir...? —Me quedé atascada, incapaz de encontrar las palabras adecuadas. Tenía la sensación de que querían que pasara la cuarentena con ellos con el objetivo de hacer algo más aparte de tomar notas de lo que dijeran, lo cual podría significar que los rumores eran ciertos. Quizás sí que lo compartiesen todo, incluidas las mujeres.

Dwayne decidió terminar la frase en mi lugar.

—Sí. Nos gustaría que trabajases en nuestra casa. Piénsalo. Está todo detallado en el contrato. Te dejaremos a solas para que puedas tomar una decisión.

Y después se puso en pie, dejándome con la boca abierta y completamente estupefacta ante la idea de que quisieran que pasase treinta días con ellos.

Solo querían que trabajase en su casa. No habían insinuado en ningún momento que pudiese ocurrir algo indecente.

Después de todo, a ellos se les marcaban los abdominales y yo era todo barriga.

Ellos tenían músculos, y yo michelines.

Ellos estaban buenísimos, y yo solo podía considerarme guapa cuando me maquillaba tal y como había hecho aquel día.

La curiosidad me llevó a acercarme más a la mesa para ver qué decía exactamente aquel contrato.

2

———

Capítulo dos
Luke

—Chicos, calmaos de una puta vez —grité cuando Aiden y Dwayne empezaron a pelearse como si fueran adolescentes.

Ambos se giraron hacia mí. Estábamos sentados en el despacho de Aiden, observando qué hacía Scarlett con el contrato.

—Lo llevará a recursos humanos —espetó Aiden—. Y acabaremos con una puñetera denuncia por acoso sexual entre manos. Os he dicho que era una idea horrible.

Negué con la cabeza.

—No, es una idea fantástica. Ya lo he dicho antes y vuelvo a decirlo: Scarlett no nos denunciará por acoso sexual porque...

—¡Porque necesita el dinero! —me cortó Aiden, intentando hacerme dudar de mis pensamientos.

Me reí por lo bajo mientras pensaba que, a pesar de lo mucho que mi hermano pequeño podía creer que lo sabía todo sobre las mujeres, en realidad no sabía nada en absoluto, incluyendo el hecho de que Scarlett era única. La mayoría de las mujeres habrían dejado aquel trabajo hacía mucho, y la mayoría lo habían hecho cuando se habían convertido en mi secretaria, pero Scarlett no. Si acaso, ella no había dejado de demostrar su valía una vez tras otra. No debería haber sido una secretaria; se merecía ser una asistente legal o incluso socia del bufete, porque era increíblemente inteligente. Mucho más inteligente que la mayoría, y estaba claro que podía ser creativa.

—Cuando ha entrado en tu despacho, me he sentido tentado de hacer que se inclinase y hacerla mía sobre tu mesa —comentó Dwayne, humedeciéndose los labios. Mi hermano menor siempre estaba pensando en sexo. Scarlett solo tenía que inclinarse un poco y él acababa con una erección, lo cual era la verdadera razón por la que se ponía a hacer flexiones en su despacho: para evitar perder el control por completo. Y aquello había sido lo que me había hecho tener aquella idea. Una persona que compartiéramos los tres, alguien que nos mantuviera entretenidos durante el periodo de cuarentena, y Scarlett Roset había sido la elegida por muchas razones. Jugaríamos con ella, la alimentaríamos, la vestiríamos y, a cambio, ella cubriría todas y cada una de nuestras necesidades. Estaba completamente seguro de que lo haría. Adoraba ver cómo sus pechos turgentes casi se escapaban de su blusa. Siempre llevaba ropa demasiado apretada para su talla, y me pregunté si lo hacía para torturarnos o para que todo el mundo supiese que, bajo aquel disfraz, lo que había en realidad era una zorrita de lo más sexy.

Fue en aquel momento, con Scarlett todavía en mi despacho, cuando me sorprendió. Se puso en pie. No fui capaz de distinguir si había firmado los malditos papeles o no; había estado demasiado ocupado intentando convencer a mis hermanos de que apoyasen mi idea. No sabía qué mosca les había picado. El contrato estaba redactado desde la anterior cuarentena, y lo único que nos había faltado había sido añadir el nombre de la interesada. Ahora ya teníamos un nombre, pero al parecer no lograban ponerse de acuerdo en si era el correcto, algo que cambiaría en cuanto pudiesen saborear a Scarlett; de eso no me cabía la menor duda.

Scarlett se dio la vuelta y abrió la puerta y, al distinguirme en otro de los despachos, marchó en nuestra dirección con toda la confianza del mundo. Me quedé de piedra cuando abrió nuestra puerta y me tendió el contrato.

—¡Aquí tiene, señor L. Black!

Me encogí de hombros.

—¿Aquí tengo el qué?

Sonrió, pero al instante siguiente se cruzó de brazos.

—He firmado su contrato, así que podemos pasar los siguientes treinta días en su casa y usted y sus hermanos podrán divertirse conmigo.

Soltó una risita al decir la última parte, volviendo a sorprenderme. Lo que quería era que fuese nuestra sumisa, no un juguete sexual con el que pudiésemos jugar durante los próximos treinta días. Ya teníamos a otras mujeres con las que podíamos hacer algo así. Si había elegido a Scarlett era por una razón en concreto, y esta estaba a punto de descubrirla.

—¡Dejadnos solos! —les dije a mis hermanos.

Tanto Dwayne como Aiden salieron a toda prisa, y la sonrisa que había tenido dibujada Scarlett se borró al instante, quizás al ver el fuego en mi mirada o por el modo en que mis hermanos se habían apresurado en marcharse. Fuese lo que fuese, Scarlett iba a experimentar lo que le ocurriría durante los siguientes treinta días. No éramos un puñado de sádicos, oh, no. Scarlett iba a aprender lo que significaba ser nuestra sumisa y si de verdad quería participar en todo aquello.

—¡Ven aquí! —le dije, cogiéndole la mano.

—Me está haciendo daño, señor L. Black —gimoteó.

Asentí con la cabeza.

—Bien. —Después me senté en el sofá que había al fondo del despacho, un lugar donde no nos verían si alguien miraba en nuestra dirección. Podría haber cerrado las persianas, pero sabía que nadie iba a pasar por aquella parte de la oficina y que, si alguien lo hacía, verían a Scarlett. Y ella era tan consciente de aquel hecho como yo.

—Ya has visto la parte sobre lo del castigo. Lo que te pasará si no obedeces las normas.

Scarlett asintió con la cabeza, pero yo no quería que me tuviese miedo. Quería que lo disfrutase, pero no del mismo modo en que las jovencitas tontas se divertían con un adolescente cualquiera. No, quería que fuese consciente de que éramos adultos y aquello no era más que una demostración de lo que estaba por llegar si decidía unirse a nosotros durante la cuarentena. A juzgar por el modo en que se había comportado hacía unos instantes, empezaba a tener dudas sobre si Scarlett era realmente digna de un regalo como aquel.

—Se te castigará, ¿comprendes lo que significa eso?

Scarlett se encogió de hombros.

—Dejarme de pie en una esquina, u obligarme a saltarme una comida, o correr por la propiedad desnuda.

La última parte no se me había ocurrido, pero siempre podía añadirla a la lista de castigos. La idea de ver cómo sus pechos se movían arriba y abajo con el aire frío me excitaba.

—¡Azotes!

—Mis padres jamás me azotaron de niña —argumentó en su defensa.

—Esto no es un juego. Lo que voy a hacer es bajarte las bragas, tumbarte sobre mi rodilla, y asegurarme de que entiendes lo que significa recibir un castigo.

—Ni hablar —gritó—. Me largo de aquí. No

pienso pasar la cuarentena con vosotros, y no pienso participar en nada de esto. No es más que una porquería dominante y retorcida con la que no quiero tener nada que ver. Tendréis que buscaros a otra mujer dispuesta, o alguien que acceda a hacer lo que sea a cambio de dinero, pero esa no seré yo.

Scarlett se marchó dando zancadas del despacho de Aiden y comprendí que, en aquel momento, Aiden tenía razón. Detestaba admitir que me había equivocado, pero estaba claro que Scarlett no era la clase de mujer adecuada para aquella tarea. Había creído que, teniendo en cuenta que vivía sola en la ciudad y que había cuidado de su madre hasta la muerte de esta, era una mujer fuerte y la clase de persona que necesitábamos, pero Aiden había estado en lo cierto. Scarlett no se lo había tomado en serio, creyendo que no era más que un juego. Tanto yo como mis hermanos teníamos nuestra pequeña libreta de contactos especiales con algunas mujeres a las que podíamos llamar, pero para aquello yo había querido a una mujer de verdad, no a un juguete o un lío de una noche, y sabía que mis hermanos necesitaban lo mismo que yo. La gente creía que siempre conseguíamos todo lo que queríamos simplemente porque éramos multimillonarios y, aunque así era en muchas ocasiones, no era una regla que se cumpliese sin excepción.

3
———

Capítulo tres
Scarlett

Salí casi corriendo de allí. Quería azotarme, en el despacho de Aiden, donde todo el mundo habría podido verme y seguramente lo hubiese hecho. La gente seguramente ya pensase que me acostaba con los hermanos, lo cual había sido una de las razones por las que había durado más que el resto de las secretarias. Recordé una ocasión en la cocina, cuando fui a por un café y Hannah, unas de las asistentes legales, lo había dicho tan fuerte que la había oído. Ni siquiera había intentado ocultar el tema sobre el que estaban hablando, pero yo había mantenido la cabeza alta y me había ido sin dejarme amilanar por sus cotilleos.

—¿De verdad quieres darle la espalda a esto? ¿A nosotros? —preguntó Dwayne, apareciendo en la puerta y bloqueando la salida. Debía de haber estado esperando a que me fuera.

—No soy un juguete del que podéis abusar cuando os apetezca, no importa lo mucho que me paguéis.

—Olvídalo —gritó Luke—. No es la mujer que creía que era.

Arqueé una ceja, pensando que mis oídos debían de estar engañándome. Me di la vuelta; ya no estaba pensando en lo mucho que quería marcharme, sino en lo mucho que quería oír lo que Luke tenía que decir.

—Todo esto ha sido idea *tuya*.

—Exacto —contestó Dwayne—. El gran lobo feroz, el hermano frío como el hielo, quería ver cómo sería si te sometieras a nosotros.

—Tener esos pechos entre las manos, rozar tus pezones endurecidos con la lengua —gruñó Luke, acercándose.

—Y tener mi gruesa polla en tu coño, haciéndote gemir pidiendo más —gruñó Dwayne.

Estaba atrapada entre los dos, y aquello debería haberme asustado, pero en realidad solo logró que mis bragas se mojasen más y más con cada segundo que pasaba al oír todas aquellas obscenidades que querían hacerme, que querían hacer conmigo, que querían hacer dentro de mí.

—Enseñadme qué me haréis si soy una chica mala —ronroneé, preguntándome de dónde había surgido aquel tono de voz. ¿Cuándo me había vuelto tan ligona, o acaso podía culpar el saber lo que debería de pasar a la lectura de demasiadas novelas eróticas?

Dwayne me alzó como si no pesara más que una pluma y avanzó poco a poco hacia Luke. No podía creer que pudiese cargar conmigo con tanta facilidad; me hacía sentir ligera, y el modo en que caminó sin tener siquiera problemas para respirar a pesar del esfuerzo me excitó. Lo rodeé con los brazos para sentir aquel cuerpo, un cuerpo que había soñado con tener entre mis brazos durante mucho tiempo.

Luke se sentó en el sofá y Dwayne me entregó a él. Me senté sobre su rodilla y Luke gruñó.

—No soy Santa Claus. Tienes que darte la vuelta.

Dwayne marchó hacia las persianas y empezó a cerrarlas; así nadie sabría lo que estaba pasando dentro del despacho. Después encendió la luz del rincón donde estaba la cafetera y apagó la luz del techo. El único sonido que se oía eran sus pasos y mi respiración agitada a medida que me humedecía todavía más por el simple hecho de estar sentada en el regazo de Luke.

Este me ayudó a levantarme.

—Espera —me indicó.

Llevó la manos hasta la cintura de mi ropa interior, subiéndome poco a poco la falda hasta confirmar lo que yo ya había sospechado: estaba completamente empapada. Después pasó una mano bajo mi cuerpo y supe, sin necesidad de que dijese nada, que me estaba moviendo hacia su rodilla.

Mis pies tocaron el suelo y Dwayne se apresuró a colocar un cojín bajo mi cabeza. Me quedé con el culo en pompa y expuesto.

Me apretó las nalgas.

—Tan jodidamente hermoso.

Nunca había considerado mi culo como algo hermoso, pero Dwayne lo acarició con brusquedad.

—Joder, es perfecto. Tan grande y jugoso. ¡Está para comérselo, no para azotarlo! —continuó, y sentí cómo se inclinaba y me mordía la nalga. Aquello hizo que se me tensara el estómago; dos multimillonarios me estaban tocando el culo y estaban adorando cada segundo. Era como un placer culpable. Al principio la simple idea de hacer algo así había hecho que me agitase inquieta. Mi padre nunca había estado ahí cuando era pequeña; se había ido cuando yo solo había sido un bebé, y mi madre creía que castigarme en mi habitación era más efectivo que darme unos azotes. Así que iba a ser mi primera vez en aquella posición, y ya no era niña, sino una adulta hecha y derecha.

Lo que estaba a punto de pasar era tan indecente; ¿por qué me excitaba tanto? Aquello era lo que hacía que resultase toda una locura. Las hormonas hicieron que se me caldease la piel.

—Al principio sentirás dolor, pero después lo único que notarás será placer —me tranquilizó Dwayne cuando empecé a cambiar de idea y a agitar los pies. Me sentía débil, como si estuviera a su merced, y la excitación empezaba a desaparecer y a ser sustituida por la ansiedad.

Dwayne me bajó las bragas, rasgando la tela y exponiéndome por completo, y sentí cómo el aire caliente me rozaba las nalgas desnudas.

—¿Estás lista? —preguntó Luke, acariciándome con ternura.

Cerré los ojos con fuerza.

—Sí —susurré como lo habría hecho una niña.

No podía ver nada, y eso me ayudó a esperar a que Luke se sintiera listo para golpearme. Sentía lo mismo que cuando iba al médico para que me pusieran la vacuna de la gripe; allí también cerraba los ojos, sin saber cuándo iba a pincharme con la aguja hasta que sentía un ardor que poco a poco empezaba a desvanecerse.

Lo siguiente de lo que fui consciente fue la mano de Luke descendiendo sobre mi nalga derecha.

—¡Ay! —exclamé.

El dolor fue ardiente y afilado, como una explosión que se hubiese desatado contra mi piel. Luke ni siquiera me dio tiempo para acostumbrarme a aquel primer azote antes de repetirlo una y otra vez.

Solo oía el sonido de su mano contra mis nalgas y a Dwayne animando a Luke mientras este seguía. Con el primer azote, lo único que sentía fue dolor, pero con cada nuevo golpe el ardor disminuía un poco hasta que me percaté que Dwayne había tenido razón: mi cuerpo estaba empezando a adaptarse a los azotes y a aceptarlos. Ya ni siquiera sentía la necesidad de mantener los ojos cerrados, abriéndolos de par en par en su lugar. Tal y como Dwayne me había dicho, ya no sentía el más mínimo dolor, sino oleada tras oleada de sensaciones que no dejaban de recorrerme. El dolor y el placer habían empezado a entrelazarse y ya no soltaba exclamaciones doloridas, sino gemidos. Empezaba a ser consciente del control que Luke tenía sobre mí y, al entregarme a él, también me sometía a sus deseos. Era algo que se me antojaba casi demasiado fácil.

—Estás empezando a disfrutarlo. Buena chica —me elogió Luke mientras sentía su miembro erecto contra mi estómago. Sabía que no era la única que se estaba excitando; a Luke le estaba pasando lo mismo.

—Sí —ronroneé, deseando que no dijera nada y simplemente siguiera azotándome. Mis gimoteos se habían transformado por completo en gemidos a medida que la línea que separaba el dolor del placer seguía desdibujándose.

—Tu culo está rojo como un tomate enorme y jugoso, lo bastante jugoso como para devorarlo. A ver si eres capaz de negar que te ha gustado —siguió diciendo, moviéndome a un lado hasta que dejé de estar tumbada sobre su rodilla y, en lugar de eso, me encontré sentada en el sofá con el culo todavía desnudo. No, no podía negarlo. Luke se movió con rapidez y, cuando volví a abrir los ojos, fui consciente de que estábamos solos en el despacho de Aiden.

—Bueno, ¿todavía quieres venir? —Se puso en pie, dándome la espalda.

Asentí con la cabeza, completamente estupefacta ante aquella serie de acontecimientos. Un océano de emociones me invadió mientras estaba allí sentada, deseando que Luke me hiciese suya y terminase lo que había empezado, pero el regreso de su frialdad me dijo que iba a marcharse y que solo había una manera de conseguir más de aquello: aceptar los treinta días de cuarentena en la casa de los tres.

Luke se dio la vuelta.

—¿Debería interpretar eso como un *sí*?

Suspiré.

—Sí.

—Aséate y prepárate para bajar a la calle dentro de diez minutos. Winston, el chófer, te llevará a tu apartamento para que recojas lo que necesites y después te unirás a nosotros en nuestra casa. No te hace falta despedirte de nadie antes de salir; nadie de por aquí te echará de menos.

Detestaba el modo en que me estaba hablando y el hecho de que ninguno de los presentes en la fiesta se daría cuenta de que ya no estaba. Nadie se preguntaría dónde me había metido, pero hacía ya tres años que mi vida era así. Detestaba que Luke pronunciase en voz alta algo tan evidente pero, al mismo tiempo, me encantaba lo que acababa de hacerme. La línea que separaba el amor del odio era muy fina, especialmente cuando se trataba de Luke, mi jefe multimillonario.

4

———

C apítulo cuatro
Aiden

—¿*Cuánto* dices que le has ofrecido? —grité mientras esperaba con Luke en el despacho de Dwayne.

Dwayne se había ido al baño a toda prisa hacía un rato, sin duda para masturbarse. Me había dicho que Luke le estaba dando una azotaina a Scarlett y, a pesar de lo mucho que me habría gustado ser testigo, tenía la sensación de que todo aquel tema se nos estaba yendo de las manos. Mi hermano no solo estaba perdiendo la cabeza, sino también nuestro dinero.

—Valdrá la pena —dijo Luke—. Fue por eso por lo que nos volvimos medio locos durante la última cuarentena, porque no teníamos nada con lo que entretenernos. Seremos los dominantes de Scarlett y ella será una excelente sumisa. Tenía mis dudas, Aiden, pero si la hubieras visto hace un segundo estarías completamente de acuerdo conmigo.

Luke me tendió una copa de bourbon; seguramente sería nuestra última copa en bastante tiempo en la oficina.

—¡Menuda oficina más desaprovechada! Cuando construimos este sitio y este imperio, resultó agradable adueñarnos del edificio entero, pero ahora más bien parece un gasto estructural, uno que acabaremos sin poder permitirnos si no tenemos cuidado.

Dwayne salió en aquel momento del baño. Tenía la cara de un color rojizo frío. Debía de haber estado masturbándose, tal y como hacía de adolescente, y al terminar se había lavado la cara con agua fría. Por eso tenía la cara de un tono rojizo frío en lugar de uno caliente; era una broma que Luke y yo solíamos hacer. Y es que, además de que podíamos oírle cuando lo hacía, Dwayne siempre aparecía con expresión culpable en el rostro, una expresión que lucía en aquel preciso instante.

—Debes de habértelo pasado bien ahí dentro —Luke se rio, tendiéndole a Dwayne otro vaso de bourbon. Aquello me recordó que, bajo las apariencias, Luke tenía sentido del humor incluso si lo ocultaba la mayor parte del tiempo.

—¡Muy divertido! —Dwayne aceptó el vaso y suspiró—. Joder, Luke tiene razón. Necesitamos algo para entretenernos y así poder concentrarnos durante el próximo par de años.

Sacudí la cabeza.

—¿El próximo par de años? Han dicho que dentro de poco darán con la vacuna; tanto Estados Unidos como otros países están trabajando en ello ahora mismo.

Luke casi se atragantó mientras tomaba un trago.

—¿Cómo puedes ser tan inocente? ¿Cómo van a encontrar una cura tan rápido? Es imposible, especialmente después del desastre de la última vez, cuando dijeron que los científicos tenían una vacuna.

Asentí, mostrando mi acuerdo.

—Lo sé, pero no me gusta oír que van a ser otros dos años así.

Dwayne se sumó a la conversación.

—Mira, ni siquiera se trata de que haya o no una vacuna y esas cosas; se trata del clima económico.

Tenemos que pensar en el futuro y en cómo vamos a solucionar este desastre. Vamos a tardar más de un par de años.

—Más bien cinco —dijo Luke.

Lo señalé con el dedo, confirmando que estábamos pensando lo mismo.

—Joder, exacto. Tenemos que pensar en una estrategia.

—Un plan —dijo Dwayne.

—Y, para hacerlo, necesitamos inspiración. Necesitamos algo que nos haga seguir adelante, o más bien *a alguien*, y ese alguien es Scarlett. Puede que le paguemos algo más de un millón, pero valdrá la pena.

Me puse en pie, listo para ir a por algo de comer. El bourbon se me había subido a la cabeza y hacía que me sintiera algo mareado porque, por alguna razón, estaba seguro de que habíamos acordado ofrecer treinta mil dólares pero juraría que Luke acababa de decir que le había ofrecido un millón a Scarlett. Era ridículo; Scarlett habría accedido a hacerlo por mucho menos. Solo podía albergar la esperanza de que Luke se diera cuenta de lo que había hecho, aunque claro, Luke siempre era consciente de lo que hacía. Y no era únicamente porque fuese nuestro hermano mayor, sino que también era el encargado de asegurarse de que no nos pasábamos de la raya.

—¿Vas a por algo de comer? —me preguntó este, acariciando la tela del sofá y seguramente pensando que era el cuerpo de Scarlett tumbado sobre el mueble.

—Sí. Puede que seamos multimillonarios, pero eso no significa que tengas que ir por la vida malgastando el dinero.

—¡Venga, un millón no es nada comparado con lo que tenemos en el banco! —dijo Luke—. Ahora entiendo por qué te llaman Scrooge. ¡Te mereces el apodo! Ve a por algo de comer; tienes que conservar las fuerzas para lo que ocurrirá mañana por la noche.

Luke debía de estar soñando; ¡no era a mí a quien llamaban Scrooge, si no a los tres! Su arrogancia empezaba a irritarme, así que decidí marcharme e ir en busca de comida. Sabía que Luke se equivocaba, que el clima socioeconómico llevaba dos años estrellándose cada puto mes. Debíamos tener cuidado; no queríamos acabar siendo uno de esos bufetes de abogado que acababan teniendo que cerrar.

Capítulo cinco
Scarlett

ME FUI de la fiesta sin que nadie me echase en falta, tal y como había dicho Luke. Detestaba que tuviera razón, pero la tenía. Nadie me estaba buscando, yo no le importaba a nadie. Todo el mundo seguía bailando y me percaté de que Jenna tenía cogido a uno de los asistentes legales de la mano y que se lo estaba llevando de la fiesta.

Tal y como dice el dicho, los ratones juegan cuando el gato no está. Al parecer era un dicho que se aplicaba a Jenna cuando no estaba en su casa.

Bajé a la calle y me metí en el coche que me estaba esperando, tras lo cual pusimos rumbo a mi apartamento. Winston, el chófer de los hermanos, me llevó hasta allí y, tal y como solía pasarme, me pareció un viaje frío y solitario, algo que se repetía noche tras noche. Pero lo que más me estaba afectando era la idea de volver a estar en cuarentena. No hacía falta que Luke me pagase un millón de dólares para que me quedase con ellos, y me pregunté si acaso estaba al tanto de mi historia y de que debía mucho dinero en mi ciudad natal.

Me eché a reír.

—¡Por supuesto que lo sabe!

Metí algunos de mis vestidos buenos, unos pantalones deportivos y ropa suficiente para una semana en una de las dos maletas que había traído conmigo a Nueva York hacía tres años. No tenía muchas cosas, y lo que tenía se dividía entre ropa de oficina y ropa para pasar el día tirada por casa. Me llevaría solo un par de prendas de la segunda categoría; lo último que necesitaba es que me vieran fuera de mi apartamento vestida con ellas. Mi hogar ni siquiera era realmente un apartamento, sino un estudio que había alquilado por poco dinero gracias a que la dueña era muy quisquillosa sobre a quién se lo alquilaba. Había entrevistado a todos los interesados, y yo había tenido la suerte de poder permitírmelo gracias a tener tres empleos al mismo tiempo. Más tarde había conseguido el trabajo con los Black a través de una agencia de empleo, lo que había hecho que dejase de necesitar tener dos trabajos más. Sabía que los Black tenían una casa grande en Long Island; había visto las fotografías que subía Dwayne en las redes sociales. Era el único con cuenta en alguna red social, y siempre había sentido curiosidad por saber cómo era el interior. Ahora estaba a punto de averiguar cómo era el hogar de los tres, y si de verdad lo compartían todo. Hasta ahora, los rumores parecían ser ciertos; solo tenían una secretaria y vivían en la misma casa, ¿pero de verdad irían tan lejos como para compartir a la misma mujer? Estaba a punto de descubrirlo.

Asentí con la cabeza, despidiéndome de mi apartamento y volviendo a pensar que en realidad no hacía ninguna falta que me pagasen un millón de dólares por quedarme con ellos. Lo había hecho gratis; cualquier cosa habría sido mejor que volver a quedarme allí sola. Detestaba la idea de pasar sola por otra cuarentena.

LLEGUÉ a la casa de los hermanos y la ama de llaves, Karin, me mostró enseguida cuál sería mi habitación. Karin era mucho más joven de lo que me esperaba, quizás porque había estado leyendo demasiadas novelas románticas. No últimamente, porque no tenía tiempo para algo así, sino cuando mi madre estaba enferma. En aquella época solía leer sin cesar con tal de tener una fantasía lejos de mi vida real.

Sacudí la cabeza, alejando todos aquellos recuerdos.

—¿Estás bien? Se te ve pálida —dijo Karin cuando estuvimos en mi habitación. Volvió a colocarse un mechón rubio en el moño con gesto rápido y sus ojos azules esperaron mi respuesta con anticipación.

Me atraganté.

—Siempre me pongo algo sensible durante esta época del año.

Karin suspiró.

—Conozco esa sensación. Este año tengo trabajo, pero el año pasado no lo tenía.

—Oh.

Karin siguió explicándose.

—Sí. Verás, mi familia vive en Suecia y, con la cuarentena y todo lo demás, no podría ir a casa incluso si quisiera, especialmente cuando muy poca gente puede salir de Estados Unidos ahora mismo. En fin, ponte cómoda. Traerán tus maletas en un momento y, si quieres algo de comer, solo tienes que pedirle y te prepararemos algo. Si no, serviremos el desayuno mañana por la mañana.

Miré la hora, le sonreí a Karin y le deseé buenas noches. Todo aquello era de lo más surrealista. Admiré su figura pequeña y su cabello rubio, pensando si acaso no sería *ella* la clase de mujer que los hermanos habrían preferido como sumisa, y entonces me recordé a mí misma que no debía pensar de manera negativa. Los hermanos me habían escogido a mí, y debería haberme sentido orgullosa de ello. Una cosa estaba clara, y es que iba a llenar la bañera de agua y a pasar un buen rato dentro. Era una bañera lo bastante grande para dos personas... Me reí como una cría al pensar que ahí dentro no solo habrían cabido tres, sino hasta cuatro.

6
____

Capítulo seis
Scarlett

LLEVABA dos semanas en la casa, y debía confesar que estaba dolorida. Me habían enseñado a ser sumisa y, aunque al principio había estado asustada, ahora empezaba a darle la bienvenida a todo aquello con los brazos abiertos.

Me había pasado un poco con la bebida y Dwayne nos había mantenido entretenidos durante la noche con historias sobre Suecia. Había sido él quien había reclutado a Karin, y esta llevaba trabajando para ellos desde hacía diez años. No parecía ser lo bastante mayor como para llevar allí tanto tiempo; había pensado que lo más seguro era que tuviese mi edad. Los años le sentaban de maravilla, y resultaba agradable tener un rostro amistoso en la casa. Karin se marchaba por las noches a su propia casa, ubicada detrás de la casa principal; era una casa que los hermanos le habían dado para que tuviese su privacidad y parecía haber un respeto mutuo entre todos ellos. Se tuteaban, algo que no había esperado de parte de los hermanos, especialmente considerando que nunca permitían que nadie en la oficina hiciese algo parecido.

Siempre se les tenía que llamar «señor L. Black» o «D. Black», etc. Se mostraban formales en la oficina, pero en su casa las cosas eran completamente distintas.

El postre, una tarta de manzana casera obra de Aiden, nos había dejado llenos. De hecho, Aiden se había encargado personalmente de casi toda la cena, algo que había anunciado con orgullo y una habilidad que no había sabido que poseía hasta aquel momento. Aiden en la cocina, ¿quién lo hubiese pensado...?

—Te vi bailar en la fiesta de la oficina. Ven y enséñame cómo te mueves —dijo Dwayne.

Me reí al mismo tiempo que la canción *Don't stop the music* de Rihanna empezaba a sonar a todo volumen con simplemente apretar un botón. Dwayne me cogió la mano y me la besó, alzándome de la silla, y sonreí tanto a Luke como Aiden, que también se pusieron de pie y empezaron a bailar. Pasamos del comedor a la sala de estar, donde había más espacio, y la música nos siguió mientras cambiábamos de habitación.

Dwayne posó los labios sobre los míos, cogiéndome por sorpresa. Nunca había habido ningún contacto entre nosotros fuera de las salas de juegos, y cada hermano tenía una sala propia.

No me opuse al beso, y me pareció uno completo y lleno de calidez. Cerré los ojos cuando Dwayne coló la lengua en mi boca, y un segundo después su mano izquierda me acarició la barbilla. Me apoyé en él, moviéndome para seguirlo al menos con los labios.

Era como si estuviéramos solos en el salón, y Dwayne gimió suavemente con un sonido proveniente de su pecho.

Sus manos me apretaron el culo al mismo tiempo que profundizaba con la lengua, y la fuerza de sus dedos me animó a dar un salto para poder rodearle la cintura con las piernas. Me aferré a él con fuerza y froté mi clítoris palpitante contra la costura de su cremallera, pasándole las manos por el pelo y tirándole de los mechones hasta que Dwayne siseó, pero no me dijo que parase.

Me quitó la ropa, tras lo cual también se libró de su camisa. Volví a poner los pies en el suelo por un momento, mirando a mi alrededor, y me percaté de que, en algún momento, nos habíamos quedado completamente solos. Desnudos y solos. Aiden y Luke habían desaparecido.

—Prepárate para esto —dijo Dwayne, volviéndose completamente frío.

No usábamos condones, aunque yo tomaba pastillas anticonceptivas porque eran lo único que me ayudaba con el acné.

Nos acercamos más a la chimenea y volví a pasarle los dedos por el cabello oscuro mientras Dwayne volvía a alzarme para que le rodease la cintura con las piernas una vez más. Su pene se deslizó al instante dentro de mi vagina. Fue una penetración directa y no me importó si hacía mucho ruido; lo único que quería era que me tomase, que me hiciese suya, incluso si era únicamente por un momento.

Dwayne embistió contra mí con fuerza y rapidez

y nuestros labios permanecieron unidos, sin dejar de mover las lenguas mientras me aferraba a su cabeza con las manos. Gemí contra su boca y Dwayne gruñó mientras me penetraba una y otra vez hasta hacerme gritar cuando mi cuerpo explotó a su alrededor. Era tan increíblemente delicioso que me corrí casi al momento, clavándole las uñas en la cabeza mientras él gemía conmigo. Sentí cómo su hombría palpitaba cada vez que los músculos de mi vagina se tensaban.

A Dwayne le tembló el cuerpo y sus movimientos se detuvieron en seco al mismo tiempo que soltaba un suspiro de éxtasis. Dejé caer la cabeza hacia atrás, rompiendo nuestro beso, y Dwayne me soltó poco a poco para que pudiera deslizarme hasta el suelo.

Me costaba creer lo fácil que le había resultado mantenerme en el aire.

—Joder, eres tan terriblemente sexy y excitante, Scarlett.

Suspiré.

—Y peso lo mío.

Dwayne se rio.

—No seas tan dura contigo misma. Tenía la sensación de que iba a estallar. Quería tomarme mi tiempo y seducirte, pero no he podido contenerme. Has hecho que pierda el control por completo.

Sonreí ante su confesión y ante la idea de que me encontrase tan irresistible que tenía que hacerme suya en aquel preciso instante.

—¡Joder! —volvió a espetar antes de rodearme con los brazos y hacer que me tumbase en la alfombra que había frente a la chimenea.

Fue como si en aquel momento se intercambiasen los papeles, ya que Aiden entró en el salón y se arrodilló en la alfombra al mismo tiempo que Dwayne se marchaba. Estaba a punto de preguntarle dónde se estaba yendo, pero no tuve oportunidad.

—He traído una toalla para que puedas asearte un poco —dijo Aiden.

Se acercó un poco más mientras yo me quedaba allí tumbada, sintiéndome la mujer más hermosa del mundo mientras Aiden acudía a mi lado y empezaba a limpiarme entre las piernas.

Sus ojos me recorrieron el cuerpo antes de descender hasta el punto en el que se encontraban nuestros cuerpos. Usó una toalla para limpiarme y otra para secarme, y me vi obligada a cerrar los ojos; estaba logrando que me corriese simplemente con la suavidad de sus movimientos. Fue en aquel momento cuando vi un destello de su lengua y comprendí que ya no estaba usando ninguna toalla, sino aquel órgano en concreto. Su miembro se apretó contra mí, duro como una roca y listo de una manera que hacía que fuese imposible ignorarlo. Podía notar el calor de su deseo a medida que recorría los cuerpos de ambos, y sus dedos me aferraron las caderas con fuerza, comunicándome cuáles eran sus intenciones sin dejar el más mínimo margen a la duda. No profundizó su exploración, no todavía, pero sí que tomó mis generosos pechos entre las manos, apretándolos ligeramente para sentir mejor su peso.

—No hay ninguna parte de ti que no sea hermosa, Scarlett. ¿Eres consciente de lo hermosa que eres?

Negué con la cabeza, pensando en que nadie me había llamado nunca hermosa hasta aquel momento.

Me habían dicho que tenía sobrepeso.

Que estaba gorda.

Que era fea.

Pero nadie me había dicho nunca que fuese hermosa, ni siquiera Steve, el chico con el que perdí la virginidad en el baile del instituto. Lo que me había dicho era que no podía contarle a absolutamente nadie lo que había pasado entre nosotros, y había sabido muy bien por qué me lo decía. Así que había acabado el instituto consciente de que ya no era virgen y preocupada ante la perspectiva de no resultar atractiva para nadie, que nadie me desearía. Y ahora tenía a aquellos tres hombres haciéndome suya y logrando que me sintiera como la reina de Nueva York.

Los dedos de Aiden se aferraron a mis pechos y, con un movimiento experto, se inclinó hacia delante y tomó ambos en la boca, succionándolos con ahínco.

Una vez disfrutada aquella primera cata, pasó a succionarlos por turnos con gestos llenos de anhelo. Jugueteó con ambos pezones con sus labios suaves y el roce de la ligera barba que le adornaba el rostro, propagando cosquillas sobre mi piel.

Me rozó el coño con los nudillos, pero Aiden no se detuvo mucho tiempo con ese gesto antes de deslizar la mano lentamente entre nuestros cuerpos y pasar un único dedo por mi entrada. Cerró los ojos cuando sus dedos se adentraron entre mis labios, sintiendo lo mojada que estaba.

Se movió con un gruñido fruto del placer y el dolor y, si no hubiera encontrado mi clítoris al instante, robándome el aliento, hubiese soltado un grito. Se sentía bien, muy bien, y mis dedos se cerraron sobre su cabello en un intento de mantener su cabeza justo donde estaba. Levanté la pierna derecha lo suficiente para conseguir el ángulo perfecto cuando su lengua pasó sobre mi clítoris y, cuando sus labios se cernieron sobre ese mismo lugar y succionaron, no pude evitar gemir su nombre. Con fuerza.

—¡No pares! —repetí una y otra vez.

Podía oír el sonido que hacía su boca mientras me llevaba cada vez más alto, pero no me hacía sentir incómoda; no era más que otra estimulación para mis sentidos. Podía oler el aroma de Aiden, sentir la suavidad de su cabello entre mis dedos, la sensación de su cuerpo entre mis muslos y cómo se sentía tener una pierna sobre su hombro derecho. Los únicos sonidos que nos rodeaban eran mis propios gemidos y gruñidos, y el único olor era el olor del sexo. Dos cuerpos unidos y entrelazados como uno solo. Ninguno de los dos podía resistir ni un segundo más, y nos corrimos al unísono; todo palpitó a medida que las oleadas de placer me recorrían, naciendo allí donde la lengua de Aiden estaba en contacto con mi clítoris y yendo directas a mi cerebro.

—Ahora me toca a mí. —Alcé la vista y comprendí que aquella voz no pertenecía a Aiden, sino a Luke. Parpadeé, pensando que iban a concederme un descanso; a fin de cuentas, había experimentado un orgasmo tras otro con un hermano tras otro.

Pero no iban a parar.

No aquella noche. Luke no esperó una respuesta antes de acercarme a él y, cuando alcé la mirada, vi su miembro ya endurecido. Nunca había ansiado tanto tener algo en mi interior, no hasta aquella noche.

Me sujetó con un agarre lleno de fuerza y hundió su hombría directamente en mi sexo, enterrándose en mi cuerpo hasta la base con una única embestida explosiva.

—¡Joder! —exclamé, pero mi grito fue uno de dolor.

Era una sensación de desgarro que resultaba como un jarro de agua fría. Luke se mantuvo inmóvil durante un momento, como si supiese que necesitaba adaptarme a su envergadura y, cuando por fin volví a ser capaz de respirar y cerré los dedos en torno a las manos que me rodeaban la cintura, empezó a moverse dentro de mí.

Salía de mi vagina con un movimiento lento antes de volver a adentrarse en ella con un gesto poderoso. Sus dedos me apretaron las caderas con más fuerza, clavándose ligeramente en mi carne, y supe que iba a dejarme marca y que lo único que podía hacer yo era recurrir a todas mis fuerzas para sobrevivir a aquel viaje. Le rodeé la cintura con las piernas mientras se frotaba contra mí.

—Joder, es fantástico —dijo Luke—. Tu coño me está apretando la polla como si fuera un calcetín. Está tan apretado. —Los párpados se me abrieron.

La sensación de ser follada por aquel hombre me tenía estupefacta; su pene me dilataba de un modo que ni siquiera había sabido que fuera posible.

Embestía todavía más profundamente en mi interior y gemí ante la sensación de ser llenada, con todos y cada uno de mis músculos apretándose contra él y saboreando la presión. Luke respondió poniéndome las manos en los hombros y acercándome más a él; me follaba con la desesperación y fiereza de un hombre al que solo le quedaba un día de vida.

Aquella intensidad prendió fuego a algo en mi interior, algo parecido a un deseo oculto en lo más profundo de mi ser del que nunca había sido consciente, y aquello me excitó. Estaba gritando como si mi vida dependiera de ello.

Mis músculos se tensaron todavía más a medida

que mi cuerpo empezaba a estirarse y temblar con aquel placer recién descubierto.

—Voy a follarte a cuatro patas —dijo Luke—. ¿O quieres que vuelva a castigarte?

—¡No! —exclamé sin dudar. Quería que volviera a hacerme suya. Necesitaba que me llevase al orgasmo. No veía ni oía a los demás hermanos, pero tenía la sensación de que nos estaban observando y que, a diferencia de mí, ellos estaban logrando controlar sus emociones por completo.

Luke salió de mi interior con un gruñido, dejando un vacío dolorido entre mis piernas. Me agarró por los muslos, dándome la vuelta con facilidad hasta tenerme bocabajo, y después me hizo adoptar la posición que deseaba con movimientos bruscos.

Me aferré al extremo de la alfombra, carente de respiración y temblando mientras Luke me follaba con fuerza y rapidez. Estaba bañada en sudor fruto no solo del calor que producía mi cuerpo, sino también del calor de la chimenea.

—Luke. —Jadeé su nombre cuando enlenteció el ritmo hasta pasar a algo que no me hacía perder tanto la cabeza.

Volvió a perderse en mi interior y a moverse

adelante y atrás, desplazando una mano para acariciarme el clítoris.

El mundo entero pareció caer hecho trizas frente a mis ojos. No podía hablar; lo único que podía hacer era gritar. A medida que el placer empezó a disminuir, los movimientos de Luke se volvieron más rápidos, haciendo que sus embestidas fuesen más largas y fuertes, como si estuviera perdido en su propio universo.

Yo todavía estaba sensible por la intensidad de lo que acababa de ocurrir, pero que Luke terminase dentro de mí resultaba tan tentador que a duras penas era consciente de esa sensibilidad. Mi cuerpo ansiaba más de él, como si el saber que le estaba haciendo perder el control me concediera todo el placer que pudiera desear. Se trataba de saber que Luke era el que llevaba las riendas tanto a nivel físico como mental, y me daría placer cuando él lo deseara. Yo no podía hacer nada a no ser que Luke quisiera hacérmelo sentir. Había memorizado en muy poco tiempo cómo reaccionaba mi cuerpo a todo lo que me estaba haciendo, y yo adoraba que me analizase. Sabía que, cuanto más me estudiase, más aprendería yo sobre lo que estaba logrando Luke con sus acciones.

Tras otro puñado de segundos Luke por fin se

estremeció y se quedó rígido por un momento antes de dejarse caer en la alfombra como si estuviera agotado. Yo hice otro tanto a su lado.

—Nunca había perdido el control de ese modo —dijo. ¿Acaso estaba decepcionado?

Me senté para poder verle la cara; estaba sacudiendo la cabeza como si aquel gesto pudiese ayudarlo a recuperar algo de sentido común.

—Sigues teniéndola dura. —Podía ver claramente su erección.

—Y tú sigues mojada.

—No he tenido oportunidad de estar dentro de ese dulce coñito —intervino Aiden, y en aquel momento supe que lo que había dicho Luke era cierto; todo aquello giraba en torno a mi placer. No se trataba simplemente de un juego obsceno, un juego del que yo formaba parte. Aquellos hombres iban a darme un año que nunca olvidaría. Me tendrían deseando más. No me hacía falta un contrato para estar allí; sentir sus manos sobre mi cuerpo era un pequeño aperitivo de lo que estaba por venir.

«¿Qué más podría pedir una mujer?».

Nada.

Decidí que estar allí era lo que siempre había deseado.

—¿A qué estás esperando, Aiden? —pregunté—. Después de todo, tenemos quince días. Puedes tomarme ahora o esperar tu turno.

Luke me guiñó el ojo, tumbado a mi lado.

—Ya os dije que era la mujer adecuada.

—Sí que lo hiciste, hermano.

7

C apítulo siete
Luke

Las últimas cuatro semanas habían sido mágicas. Estaba claro que yo no era el único que quería que Scarlett se quedase; mis hermanos deseaban exactamente lo mismo.

Tenía ganas de hacer trizas el contrato e invitarla a que se mudara a vivir con nosotros para siempre. Estábamos sentados en la mesa, desayunando, y una vez más yo no lograba expresar lo que sentía en realidad. Había habido mucha inspiración durante el tiempo que Scarlett había pasado con nosotros, pero sabía que, en cuanto se marchase, esa inspiración también desaparecería. No podía dejar que Scarlett se fuese, pero tampoco podía suplicarle que se quedase.

—¡Queremos que te quedes!

Dwayne rompió el silencio mientras Scarlett cortaba sus tortitas, pero esta no se llevó ningún pedazo a la boca. Era como si hubiese perdido el apetito. Normalmente se pasaría el desayuno riendo y alimentándonos a todos, pero aquel día no era un día normal; era el fin de una era.

Scarlett dejó de mover la comida por el plato y alzó la vista hacia Dwayne.

Negué con la cabeza.

—Tenemos que hablarlo —dije—. Nuestro acuerdo era de treinta días, y ese tiempo se ha agotado. No podemos mantener a Scarlett aquí encerrada como si fuese una prisionera.

—Oh, ¿así que ahora tenemos que hablarlo? —espetó Aiden—. Cuando decidiste que el contrato debería ser por un millón de dólares en lugar de treinta mil como habíamos acordado no sentiste la más mínima necesidad de que lo habláramos.

Silencio. Scarlett siguió sin decir nada cuando la miré.

Detestaba cuando Aiden tenía razón en algo,

pero había otra cosa que me irritaba. Ya había mencionado el tema del dinero aquella primera noche, pero había albergado la esperanza de que se hubiese olvidado. Al parecer, me había equivocado. Aiden se cruzó de brazos, esperando mi respuesta.

Scarlett se echó a reír.

—Hacía mucho tiempo que no me sentía tan libre, y no quiero que discutáis. Durante mi tiempo aquí he podido ver otros aspectos de vuestras personalidades. Se dice que tienes que vivir con una persona para conocerla de verdad, y debo admitir que, cuando se trata de vosotros tres, ese dicho es completamente cierto. No logro imaginarme yéndome. No logro imaginar cómo sería volver a como eran las cosas cuando era solo vuestra secretaria.

Aiden, que estaba sentado frente a ella, habló:

—¿Significa eso que te quedas?

Scarlett asintió y todos nos apresuramos en su dirección, depositando besos en cada centímetro de su rostro. Organizar que Scarlett fuese nuestra sumisa durante treinta días había sido lo mejor que había hecho en toda mi vida, y que ella accediera era lo mejor que nos había pasado a los tres. Sospechaba que esos treinta días acabarían convirtiéndose en el resto de nuestras vidas. Al final, no solo habíamos ampliado el bufete, sino que también habíamos cubierto mucho trabajo y placer con su presencia en nuestro hogar.

EPÍLOGO

S carlett

Tenía casi ochocientos mil dólares en el banco; el resto lo había usado para pagar mis deudas. Ya había pasado un año, un año que había pasado con mis tres jefes refunfuñones, unos jefes que solo refunfuñaban frente a los demás pero que, cuando estaban a solas conmigo, se comportaban de manera completamente opuesta.

Jamás volví a pisar la oficina. No había necesidad de hacerlo, ya que la mayoría del personal tampoco llegó a volver a ella. El bufete había disminuido su tamaño y había abarcado otros negocios como gestión de propiedades, legislación comercial y algunas industrias más en lugar de seguir concentrándose exclusivamente en impuestos, divorcios y derecho penal. Los Black no habían dejado de intentar ganar más dinero, pero habían aprendido a compartir más con la beneficencia y aquellos que pasaban por un mal momento. Les había enseñado los beneficios de ayudar a los demás y estaban aprendiendo poco a poco pero sin pausa, y valía la pena por completo.

Me había quedado sorprendida al ver todo el dinero que jamás habían entregado a actos benéficos, y cuando lo habían hecho había sido únicamente para ahorrarse impuestos. Ninguno de ellos había tenido una relación lo suficientemente íntima con alguien como para ver lo que podían lograr algunos miles de dólares cuando se trataba de una investigación contra el cáncer. Aquella enfermedad mataba a millones de personas cada año, y todavía no había nadie cerca de dar con una cura.

Las pastillas anticonceptivas, esas que me encargaba de tomar todos los días, bueno, digamos que durante mi estancia inicial de treinta días, me había olvidado de tomármelas algunas veces. Me quedé embarazada, tuve a un bebé y me quedé en la casa. Y no tuve únicamente un hijo, sino tres: Daniel, Nathan y Lucy.

Me uní a un grupo de madres para poder tener amigas y algo de vida social, especialmente considerando que tenía trillizos. Hazel, uno de los miembros del grupo de madre, tenía cáncer de encías. Lo había descubierto durante una endodoncia y en aquel momento estaba en camino de tener a su segundo hijo. Me había encargado de explicar por qué Hazel había podido alargar su esperanza de vida; el que hubiesen detectado el cáncer tan pronto había marcado una diferencia enorme no solo en su vida, sino también en la de sus hijos.

—Scarlett, ¿estás lista para llevar a los pequeños a dar un paseo? —me preguntó Hazel mientras intentaba meter a mis tres pequeñines en sus cochecitos.

—Sí; es que parecen crecer tan rápido.

Hazel se rio.

—Debe de ser por toda la leche que beben.

Asentí con la cabeza, pensando que amamantar a un bebé era difícil, pero hacerlo con tres parecía casi imposible. Extraerla y guardarla resultaba de ayuda, pero a veces tenía que recurrir tanto a la leche que había guardado como a la leche donada.

—¿Quién está en casa? ¿El papá número uno, el

dos, o el tres? —Soltó una risita mientras acababa de poner a los niños en el cochecito Olydmsky. Aquel cochecito era el mejor invento del mundo; podía sentarlos en él y después desenganchar la parte superior y meterla en el coche con mucha facilidad. Y doblar la parte inferior era igual de sencillo.

—Ninguno de ellos.

Hazel se encogió de hombros.

—Eso no es habitual.

Me mostré de acuerdo.

—Sí, no lo es, pero tenían que hacer una apertura o algo así, así que han ido todos. Hoy le toca a Dwayne y ha dicho que solo estaría fuera un par de horas, así que para cuando volvamos ya habrá regresado.

Hazel asintió y un par de segundos después yo ya estaba lista para ponernos en marcha. Con Daniel, Nathan y Lucy las cosas eran así; ninguno de los chicos quería saber quién era el padre biológico. Saberlo no hubiese tenido sentido ni para ellos ni para mí. Para nuestros hijos, los tres serían sus padres y los tratarían a los tres del mismo modo. Yo ahora contaba con más amistades de las que había tenido en toda mi vida, y las mujeres del grupo de madres se habían sentido celosas cuando la partera me había preguntado quién era el padre y mis tres chicos habían anunciado con orgullo que todos ellos eran el padre del pequeño grupo de bebés. Sonreí a mis pequeños. Había echado de menos tener una familia; cuando mi madre todavía estaba viva y sana, había tenido una, y nunca había llegado a pensar en mi futuro en términos de casarme o tener hijos. Ahora tenía más de lo que nunca hubiese podido soñar, y no habría podido ser más feliz. Lo único que tenía que hacer hoy era ir a dar un paseo con nuestros bebés, ponerme al día de los cotilleos en el grupo de madres, y después volver a casa para darle una pequeña sorpresa a Dwayne. No procuraba pasar tiempo únicamente con nuestros bebés, sino también con mis chicos. Adoraba mantenerlos satisfechos en todo momento...